A Rookie reader® español

Ropa sucia

Escrito por Joanna Emery
Ilustrado por Richard Rossi

Children's Press®
Una división de Scholastic Inc.
Nueva York • Toronto • Londres • Auckland • Sydney
Ciudad de México • Nueva Delhi • Hong Kong
Danbury, Connecticut

A mis hijos, Veronica, Monty y Mimi.
—J.E.

Gracias, papá.
—R.R.

Consultora

Eileen Robinson
Especialista en lectura

Información de Publicación de la Biblioteca del Congreso de los EE. UU.

Emery, Joanna.
  [Stinky clothes. Spanish]
  Ropa sucia / escrito por Joanna Emery; ilustrado por Richard Rossi.
    p. cm. — (A Rookie reader español)
  Summary: A rhyming story about a child doing the laundry.
  ISBN-10: 0-516-25312-3 (lib. bdg.)   0-516-26862-7 (pbk.)
  ISBN-13: 978-0-516-25312-1 (lib. bdg.)   978-0-516-26862-0 (pbk.)
  [1. Laundry—Fiction. 2. Stories in rhyme. 3. Spanish language materials.] I. Rossi,
Richard, ill. II. Title. III. Series.
  PZ74.3.E64   2006
  [E]—dc22   2005026633

CHILDREN'S PRESS y A ROOKIE READER®, y los logos asociados son marcas
comerciales y/o marcas comerciales registradas de Scholastic Library Publishing.
SCHOLASTIC y los logos asociados son marcas comerciales y/o marcas comerciales
registradas de Scholastic Inc.
1 2 3 4 5 6 7 8 9 10 R 16 15 14 13 12 11 10 09 08 07   08

La lavadora voy a usar.
La ropa, limpia va a quedar.

Pongo la ropa a lavar.

¿La oyes girar?

Cuando termina,
saco la ropa enseguida.

11

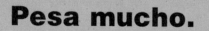

Pesa mucho.

Está mojada.

He de colgar la ropa lavada.

La cuelgo en la soga.
La dejo secar bajo el sol.

¿Oyes una gota?
¿Sientes otra gota?

¡Está lloviendo!
¡A recoger la ropa!

La secadora retumba.
La ropa da vueltas.

Apareo las medias.

Es lo primero.

**Enrollo las toallas.
Y cuelgo las camisas
en los percheros.**

El resto de la ropa he de guardar.

No más ropa sucia. ¡Me voy a jugar!

Lista de palabras (65 palabras)

a	girar	mojada	secadora
apareo	gota	mucho	secar
aquí	guardar	nariz	sientes
bajo	he	no	soga
camisas	jugar	otra	sol
colgar	la	oyes	sucia
cuando	las	percheros	tápate
cuelgo	lavada	pesa	termina
da	lavadora	pongo	toallas
de	lavar	primero	una
dejo	limpia	quedar	usar
el	lloviendo	recoger	va
en	lo	resto	voy
enrollo	los	retumba	vueltas
enseguida	más	ropa	y
es	me	saco	
está	medias		

Acerca de la autora

Hace ya una década, Joanna Emery ha estado escribiendo para niños de todas las edades. Uno de sus recuerdos favoritos es cuando fue invitada como autora, a visitar una escuela en Tarsus, Turquía. Vive en Ontario, Canadá, con su esposo, Greg, sus tres niños y cuatro gatos. Siempre tiene mucha ropa que lavar.

Acerca del ilustrador

Richard Rossi vive en Nueva Jersey y trabaja en casa. Ha ilustrado muchas tarjetas y libros para niños, y ha hecho trabajos editoriales. Se graduó de la universidad de Syracuse. Está casado y tiene dos niños.